2/281

ÉPITRES

A MESSIEURS

D'ALEMBERT,

THOMAS ET D'ARGET.

A LA HAYE.

1764.

AVERTISSEMENT.

*I*L *faut être bien téméraire pour oser présenter au Public des Vers assez médiocres, dans un siecle où cet Art est si fort en discrédit, qu'on n'ose presque plus en faire, ou même en avoüer de bons. Heureusement l'Auteur de ces Epitres est un homme qui ne cultive les Sciences & les Belles-Lettres que pour son amusement ; il n'aspire à aucune sorte de gloire, & ne se propose aucune espece de profit : il a donc moins que personne à ménager le goût du public, & ne se borne qu'à ne point lui déplaire.*

*Ce sont ici les productions de quelques moments dérobés au loisir plutôt qu'à des occupations plus sérieuses ; l'Auteur a crû devoir les consacrer à la gloire de quelques hommes vraiment estimables, que la France possede. Ce motif a bien de quoi faire pardonner sa hardiesse à publier de semblables essais. Il a seul été capable de le tirer quelquefois de cette douce inertie, qui s'empare de l'ame la plus fortement exercée, sans qu'elle s'en apperçoive, * &*

* Subit dein inertiæ dulcedo; & invisa primo desidia postremo amatur. *Tacit.*

A ij

qui peut, au dire de Montagne, Bercer affez agréablement les têtes même les plus faines. Suffira-t-il auffi pour lui faire efpérer qu'on ne lui fçaura pas mauvais gré d'avoir voulu élever quelques foibles monuments à la gloire du génie ? Ce ne font point ici les feuls Ouvrages de ce genre que l'Auteur s'eft quelquefois permis d'arracher à une longue & trop féduifante habitude de ne rien écrire ; & la maniere dont ceux-ci feront reçus décidera de l'ufage qu'il doit faire des autres.

Au refte, quoique ces Epitres ayent perdu du mérite de la primeur qu'elles eurent lors de leur envoi, elles conservent encore celui du zele & de la fenfibilité.

ÉPITRE

A M. D'ALEMBERT,

DE

L'ACADÉMIE FRANÇOISE, &c.

Sur l'invitation & les propositions qui lui furent faites par l'Impératrice de Russie , pour l'engager à se charger de l'Education du Prince son fils.

Le génie a fixé les regards généreux
De la Divinité qu'adore la Russie !
La Minerve du Nord mieux que nous apprécie
Ces hommes éminents , ces esprits vigoureux,
Qu'elle veut transplanter dans ces froides Contrées,
Où les Muses sembloïent pour toujours ignorées !
Les Rois chérissent donc les Enfans d'Apollon ,
Et tu vois *d'Alembert* la gloire de ton nom,
Voler avec éclat jusqu'aux poles du monde !
Les Rois les plus puissants semblent se disputer *

---

* Tout le monde sçait ce que l'Impératrice de Russie vient de faire pour s'attacher M. d'Alembert. Mais ce que tout le monde ne sçait pas c'est que le Roi de Prusse avoit déja fait depuis long-temps bien des tentatives pour nous le ravir. Rien de si honorable pour le Thrône, pour la Philosophie & pour l'humanité tout ensemble, que les lettres qui furent écrites de part & d'autre en cette occasion ; mais elles sont encore sous le sceau d'une amitié trop sévére pour le public.

A iij

L'honneur de t'appeller, la gloire d'exciter
Tes vertus, tes talents, ta sagesse profonde;
Et si ton cœur n'étoit moins avide de bien,
Qu'il n'est sincere ami, vertueux Citoyen;
La France auroit perdu des talens qui l'honorent,
Un sage qui l'instruit, des mœurs qui la décorent.
  D'Alembert étoit né pour instruire les Rois:
A son cœur vertueux confier leur enfance;
C'est livrer la candeur aux mains de l'innocence,
La sainte humanité s'exprime par sa voix.
Philosophe sublime, ami de la sagesse,
Faut-il de la vertu faire aimer les leçons?
Quel style séduisant! quel art! quelle finesse!
Sur lui le Dieu du goût épuisa tous ses dons.
  Mais Socrate lui-même eût trouvé difficile,
De conserver long-tems au milieu d'une Cour
Ce silence d'une ame innocente & tranquille,
Qu'interrompt si souvent le bruit de ce séjour.
Le mérite est craintif, la sagesse est timide,
Et la gloire d'instruire un Monarque puissant,
N'est pas même toujours un motif qui décide
De l'homme vertueux le cœur reconnoissant.
C'est pour le sage même une loi triste & dure,
De ne pouvoir que perdre à se communiquer:
Quel motif près de lui pourroit-on invoquer,
Quand le bien est douteux, & que la perte est sûre?
  Si *d'Alembert* résiste aux attraits séduisants
De ces Rois qui pour lui furent si bienfaisants;
C'est pour n'exposer point la dignité d'un sage,
Qui toujours étranger dans le Palais des Rois,

Redoute cette Mer, s'y livre quelquefois ;
Mais y fait tôt ou tard un funeste naufrage.

On sçavoit que le Nord avoit forgé les fers, *
Qui jusques au midi de ce vaste Univers
Avoient plus d'une fois répandu les allarmes.
On connoissoit la force, on redoutoit les armes
Des successeurs de Pierre, & des peuples nombreux,
Qu'il tira du néant pour créer un Empire.
Autrefois ignorant dans l'art de nous détruire,
Le Russe avoit prouvé qu'il étoit valeureux. **
Devoit-il donc aussi par un nouveau prodige,
De nos vains préjugés abbattre le prestige ?
Nous défiller les yeux sur ces rares esprits,
Dont la France jouit sans en sçavoir le prix ?
Tenter de les ravir à force de largesse,
Et nous donner ainsi des leçons de sagesse ?

Quel esprit créateur ! quel souffle assez puissant
A pu régénérer dans les glaces de l'Ourse,
Un feu que le Soleil dans son immense course
N'y retrouvoit jamais que foible & languissant ?
Seroit-ce donc la voix du pere d'Alexandre,
Qui des antres du Nord se feroit faite entendre ?
Aristote François, vous & tous vos amis,
A la faveur des Rois vous serez tous admis ; ***

---

* C'est toujours dans le Nord que se forgent les fers qui asservissent le Midi. *Montesq. Esprit des Loix.*

** Les Russes ont bien montré dans cette derniere guerre, que les travaux de Pierre le Grand n'avoient point été inutiles. Rien de si vif que leurs actions contre les Prussiens.

*** Ces mots pris de la lettre de l'Impératrice de Russie à M. d'Alembert, ressemblent assez à ceux de la lettre où Philippe

     É P I T R E.

D'où partent ces difcours ? ah c'eft l'ame de Pierre,
Qui dans fes fuccefeurs a pafé toute entiere !
Et qui pour le foutien de l'œuvre qu'il forma,
Au lieu d'un Prince foible appelle une Héroïne ,
S'occuppe du bonheur d'un peuple qu'il aima,
Fait dans Sémiramis revivre une Chriftine,
Dont le courage mâle, & le cœur généreux,
Connoît le prix d'un fceptre & fera des heureux.

   Aux vœux de l'Univers Catherine eft propice;
Son regne a préparé le regne de la paix;
Sa fageffe a pefé les droits de la Juftice,
Avant de décider la faveur des bienfaits.
L'impartialité de fon ame équitable,
Par de fages lenteurs arrête le torrent
Des glorieux exploits d'un Prince redoutable;
Et devient de la paix le plus ferme garant.

   Habitans fortunés des Mers hyperborées !
Une nouvelle aurore éclaire vos climats ;
C'eft une Elizabeth qui regne en vos contrées !
Bientôt vous verrez naître au fein des noirs frimats ,
Le Commerce & les Arts, peres d'une abondance,
Qui pour récompenfer vos utiles travaux,
En fe reproduifant fous mille traits nouveaux,
Affure d'un état l'invincible puiffance,
Répare avec fuccès tous les malheurs des tems ,
Et rend un Roi plus cher aux peuples plus contens !

---

propofe à Ariftore de fe charger de l'éducation de fon fils
Alexandre. *Voyez dans M. Rollin, Hift. anc.* mais les immen-
fes volumes de la Philofophie d'Ariftote , ne reffemblent pas
aux éléments de Philofophie de M. d'Alembert.

Eh quoi! l'humanité, l'aimable bienfaifance
Ne défarment donc point ces lâches affaffins,
Qui trament dans l'horreur d'un coupable filence
Des projets menaçants contre leurs Souverains!
Ah! depuis qu'un Titus a vu des mains perfides,
Aiguifer contre lui des armes parricides!
Quel Prince pourra donc efpérer déformais,
De trouver un rempart contre de tels forfaits?
Mais quel Prince affez grand.... tous les Rois font-ils
     Maîtres.*
De donner un exemple à la terre inconnu,
D'un pardon éclattant aujourd'hui devenu,
L'objet d'une faveur qu'on accorde à des traîtres?
    Puiffe donc cet exemple apprendre à l'Univers,
Que jufques dans le fein des plus âpres hivers,
On a vu fur le Trône une même puiffance
Réunir de Cefar les fuccès, la clémence!
Appellée à régner, conquérir fes Etats:
Vaincre des ennemis, pardonner des ingrats,
Apprendre à fes enfans à porter fur le Trône
Des vertus, des talens, dignes d'une Couronne;
Et pour mieux les former dans l'art du Souverain,
Vouloir mettre auprès d'eux l'ami du genre humain.

---

* Tout le monde a fçu que dans la confpiration formée il
y a quelque temps contre l'Impératrice de Ruffie, les coupa-
bles ayant été découverts, convaincus & condamnés; cette
augufte Princeffe a daigné leur faire grace de la vie. Il conve-
noit de remarquer que tous les Princes ne font pas maîtres de
pouffer jufques là leur clémence. L'intérêt de l'Etat s'oppofe
trop fouvent à de pareils fentimens.

ÉPITRE

À

M. THOMAS; *

SUR sa nomination à la Place de premier Secrétaire de Monseigneur le Duc DE PRASLIN, Ministre des Affaires Etrangeres.

Dii boni quantum in illo vigoris est !

Seneq. Epist. 64.

IL est donc à la Cour des yeux encore ouverts
Sur les doctes Enfans du Dieu de l'Harmonie !
On y protége encor le sçavoir, le génie :
On y chérit les Arts & les talens divers.
Un mortel généreux habite autour du Trône ;
Du Colbert de nos jours les bienfaits vont chercher
Le mérite modeste, & prompt à se cacher.
Praslin veille sur lui : la rage de Bellonne,
Et les secours puissants qu'exigent ses fureurs,
Ne peuvent arrêter les graces, les faveurs,
Qu'aux vertus, aux talens sa sagesse réserve.
Tandis que sous ses yeux la prudente Minerve

---

* Le phénomene d'un Homme de Lettre, que son mérite seul éléve à quelque chose d'important, présente quelque ressemblance avec le fait du Docteur Cumberland, qui n'apprit que par la Gazette sa nomination à l'Evêché de Petersbourough : ainsi Mr Thomas fut choisi par Monseigneur le Duc de Praslin. La singularité de cet événement occasionna dans le temps cette Epître, qu'on a cru ne devoir point être oubliée dans un porte-feuille.

Combinoit nos deſtins, lui diƈtoit ſes conſeils;
Et déployoit de Mars les ſanglants appareils,
Pour hâter une paix depuis long-tems bannie:
Souveraine des cœurs, la fiere Polymnie *
Fit entendre ſa voix. Le feu de ſes diſcours,
Ce beau feu qui dévore en ſon rapide cours,
D'un eſprit trop craintif les lenteurs incertaines;
Ce feu qui de l'orgueil ſurmonte les hauteurs;
Qui de l'opinion briſe les dures chaînes,
Et dont rien n'affoiblit les brûlantes ardeurs:
Ce feu victorieux paſſe entier dans ſon ame:
Des plus grands ſentimens elle-même s'enflame;
Et bientôt le mortel qui lui prêta ſa voix,
Apprend qu'il eſt pour lui, juſques au ſanƈtuaire,
Des plus ſecrets conſeils du plus chéri des Rois,
Un Citoyen Miniſtre, un Ange tutélaire,
Un Aſtre bienfaiſant qui l'obſerve, l'éclaire,
Et veut fixer ſur lui le plus glorieux choix,
Qu'ait jamais inſpiré ſa haute bienfaiſance;
Ce ſera déſormais le Plutarque de France,
Qui prêtera des tons fermes, harmonieux
Aux plus ſaintes leçons que diƈta la ſageſſe.
Au cabinet des Rois, dans le conſeil des Dieux,
Nous verrons donc bientôt ſa plume enchantereſſe
Tracer avec méthode, avec préciſion
Le Plan d'une dépêche ou d'une inſtruƈtion;
Tranſporter, embraſer, intéreſſer & peindre;
Débrouiller le cahos, que le ſeul art de feindre

---

* Muſe de l'Eloquence.

Oppofe vainement à l'art de pénétrer;
Inftruire en écrivant, & fe faire admirer.

    Nous devenons meilleurs : de notre être factice,
De cet homme civil que la fociété
Forma pour le malheur de notre humanité,
Nous commençons enfin de bannir l'injuftice,
Qu'établit autrefois la fotte vanité.
Il fut un ennemi de l'humaine nature :
L'orgueil perfuada qu'au fein de la roture *
Il ne peut habiter que médiocrité.
Ce honteux préjugé n'a jamais pu foumettre
Qu'un ftupide mortel, qui n'eut que des ayeux;
Il n'emprunta d'autrui, que pour n'avoir pu mettre
A côté de fon nom qu'un titre vicieux.

    Thomas feroit moins grand s'il eût eu moins à faire,
Pour percer le cahos, qu'entre l'art d'obtenir
Et l'art de mériter, fçait encore affermir
Un préjugé funefte & prefque néceffaire :
Une ame fupérieure ofe le fecouer;

---

    * Le terme de roture n'a rien d'humiliant, même dans les idées les moins philofophiques de la Nation. Il eft en France un million de Roturiers qui valent mieux qu'un million d'Acquéreurs d'une Nobleffe que leurs ancêtres ont fouvent deshonorée dans leurs defcendans. L'ancienne Nobleffe mérite un peu plus de confidération; mais elle eft fi fouvent ufurpée, qu'un homme de beaucoup d'efprit me difoit à ce propos : qu'un feul Notaire de campagne faifoit fouvent lui feul plus de gentilshommes que tous nos Rois enfemble. Ne feroit-ce point ici la caufe de la confidération dont la roture jouit en bien des pays ? Comme à Straſbourg, où elle feule eft en poffeffion de donner les Officiers Municipaux ? & de l'ancien ufage de placer le terme de *nobilis* avant celui de *burgenfis* comme fynonymes, dont plufieurs Chartes anciennes font foi?

C'est de l'humanité prendre en main la défense,
Que de sçavoir soumettre un orgueil qui l'offense.
Et toi qui te bornois au seul art de louer !
N'aurois-tu donc reçu que ce talent d'écrire ?
Un Ministre éclairé te croit né pour instruire ;
A ses nobles travaux il veut t'intéresser :
Occuper le talent, c'est le récompenser.
Par un sort plus brillant une sage censure
Conduisoit Adisson au faîte de l'honneur : *
Le sort te favorise avec plus de mesure ;
Il fait moins pour ta gloire, & plus pour ton bonheur.

---

* Tout le monde sçait qu'Adisson pour avoir censuré les hommes dans son Spectateur, devint premier Ministre de la Reine Anne. C'est beaucoup parmi nous que de devenir premier Secrétaire pour avoir si dignement célébré les plus grands Hommes de la Nation.

ÉPITRE

A

M. D'ARGET,

*D*E *l'Académie de Berlin, Secrétaire du Conseil,
& Garde des Archives de l'Ecole Royale Mili-
taire, sur la prééminence d'un bon caractère sur
les Talens.*

ON se fait admirer par des rares talens ;
Mais on se fait chérir par un bon caractere.
Tu pouvois, cher *d'Arget*, suivre encor la carriere ;
Où ta plume eut d'abord mille succès brillants ;
T'assurer une place au Temple de mémoire ;
Par des écrits nouveaux ajouter à ta gloire ;
Rendre ton nom célebre, & le voir à côté
De ces noms consacrés à l'immortalité.

   Mais tu fus moins jaloux des palmes immortelles ;
Qui couronnent le front des Enfans d'Apollon ;
Que tu ne fus flatté d'en cueillir de plus belles,
Telles qu'on en voit peu dans le docte Vallon.
Hélas ! pourquoi faut-il qu'en ces sacrés Bocages ,
On néglige souvent cet art si précieux ;
De s'assurer des cœurs les plus tendres hommages ;
De se les attacher, & de régner sur eux !
   Ah ! c'est qu'un fier Auteur , trop rempli de lui-
     même ,
Nous fatigue souvent par un orgueil extrême ;
Et ne sçait point porter dans la société ,
D'un caractere égal la douce aménité !

Envain donc il se cache empruntant le langage
D'une feinte douceur qu'il dément, qu'il outrage.
Je le lis, je l'admire, & louant son esprit,
Des vices de son cœur en secret je l'accuse,
J'entre malgré moi-même en un juste dépit;
Je proscris, je déteste un fourbe qui m'abuse ;
Et prêche une vertu qu'il ne connut jamais;
Le miel est sur sa langue, il coule de sa plume,
Et son cœur tout de fiel se nourrit d'amertume;
Il médite le mal, & parle de bienfaits !

Mais j'aime, mais j'adore une ame fortunée,
Qui chérit mon bonheur, & ne me semble née
Que pour être ici bas l'utile supplément
Des faveurs que le Ciel refuse à ma naissance.
De la Divinité je crois voir l'instrument;
Il ne s'annonce hélas ! que par la bienfaisance.

Nommer cette vertu, s'arrêter à ce trait,
Peindre un cœur généreux, obligeant, accessible,
Des mortels le plus vrai, l'ame la plus sensible :
C'est d'un homme estimable accomplir le portrait.
D'*Arget* ! c'est de ton cœur l'image véritable,
En recueillir les traits avec sincérité;
C'est peindre un homme cher à la société;
Et ce tableau fidele est bien plus agréable,
Plus doux, plus consolant, mille fois plus flatteur
Que le récit pompeux des talens d'un Auteur.

Tu connois le grand Roi ! quel homme plus capable
De mettre un juste prix au sçavoir, aux talens !
Cependant *Frédéric* fait cas d'un homme aimable;
Il préfere du cœur les nobles sentimens.

 ### ÉPITRE.

Aux travaux, aux écrits des plus rares génies;
Et quand il trouve un homme en qui sont réunies
Les qualités du cœur & celles de l'esprit,
Les vertus, les talens qui sont d'une belle ame,
D'Arget ou d'Alembert: * c'est alors qu'il s'enflamme;
Il excite son cœur, il s'attache, il écrit:
Le sage est cet ami près duquel il veut vivre,
Demander ses conseils, les écouter, les suivre,
Converser avec lui, lui découvrir son cœur;
Et d'une amitié sûre essayer le bonheur.

    Ce bonheur est peu fait pour les Rois de la terre,
Et l'on voit rarement les Maîtres du tonnerre
Au sein de l'amitié puiser quelques douceurs.
Ah! c'est qu'il en est peu qui placent leurs faveurs
Sur des sujets choisis, sur un homme estimable,
Qui sçache comme toi réunir tous les traits
D'un caractere sûr, d'un commerce agréable,
Et de qui nous chérit aimer les intérêts.

    A servir les humains ton ame est toujours prête:
Ce sentiment qui flatte est la source secrette
De la sérénité qui se peint dans tes yeux,
Et malgré toi décéle un homme vertueux.

---

* Les grands talens du Roi de Prusse pour tout ce qui touche
à l'Art de gouverner, à l'Art de combattre, à l'Art d'écrire,
sont assez connus dans l'Europe : l'homme privé, quoiqu'il
soit moins connu, est peut-être encore supérieur dans ce Prince, à l'homme public. Comme personne ne l'a vû de plus près
& avec des yeux plus philosophiques que Mrs d'Alembert &
d'Arget, personne aussi ne seroit plus digne de faire connoître
Fréderic, en ajoutant à l'histoire déja si célèbre du Roi, du
Capitaine & du Littérateur, l'histoire de l'Homme : elle n'in-
téresseroit pas moins, & seroit quelque chose de bien consolant pour ceux qui chérissent les hommes.

F I N.